푸른 빗줄기의 시간

푸른 빗줄기의 시간

송만철 시집

문학들

시인의 말

함부로 필설을 깐닥거렸구나
닭, 개, 풀, 나무, 돌, 길, 꽃, 술, 육친들, 이웃들……

다다 죄스럽다

있는 대로의 세계나 생들의 고유함이
밑도 끝도 없이 까부셔지고
짓뭉개지는 엄연한 현실 앞에

가야 할 먼 길
너, 詩야
너 때문에 간혹은 눈이 번쩍 트였고
가슴 설레게 살아있었구나

벗이여!
갈 데까지 가보자

2010년 2월
송만철

차례

제2부

제3부

제4부

제5부

제1부

감응感應

연동 아짐 사립짝에 적단풍 한 그루 우뚝 서 있다
오늘은 가지가지 찢어져나갈 듯 눈발이 엉기고 찬
바람 사납다

마을 위를 날던 산까치들이 적단풍 나무로 모여든다
오후 내내 떠날 줄 모르고 언 발을 동동거리며 꺽
꺽 울어 제친다

거동이 불편한 아짐 집에 인기척이 없다고
근근이 밝히던 방 한 칸 불이 켜지지 않았다고

우중

자빠룩한 함석지붕에 줄기찬 빗줄기들 난타다
비가 들이친 좌판 앞에 중늙은이 졸고 있는 어물전
은 작파다

보리밥집 한데 걸린 국솥은 자글자글 끓고
눈이 풀린 장손님은 술잔을 비운 지 오래다

잡곡전 바닥에는 탱탱 불린 콩 몇 알이 빗물에 떠
밀려가고
처마 밑에 세워둔 목공집 나무의 아랫도리는 많이
도 헐었다

장작불이 지펴지던 튀밥 전으로 빗줄기는 푸른 시
간의 불꽃을 튀기고
톱날을 갈던 자리에 빗줄 슬픔의 각을 세우고 있다

누구랴

콩대 뽑힌 빈 밭으로 은행잎이 샛노랗게 날린다

시린 발목을 덮어주고
먼 길을 달려온 지친 몸을 감싼다

밭둑의 은행나무는 안다

한 알의 콩을 가슴 깊이 품고
바람치고 빗발 쏟아져 두려움에 떨던 밭을
가난한 집 살림을 떠맡은 밭을

누구랴

잔기침에 해소 깊은 저 쭈굴한 자궁을 아는 이
  저물어 혼자 밥숟갈 들고 어둠길에 나앉은 쓸쓸함
을 아는 이

불꽃의 생

화엄사 본당 앞뜰로 가볍게 내려선 스님 한 분
빗속에 스멀거리는 목백일홍꽃 향내에 젖는가 했
더니
휘적휘적 뜰을 건너가는데
매끈한 대갈통 위로 잠자리 한 마리 사뿐 가라앉
았다

무슨 꽃줄기나 여린 나뭇가지 바람의 떨림처럼
중심을 흩트리지 않고
잠자리와 한 몸으로 뜰을 건너가다
산문으로 들어서는
한 사람

나는 단숨에
수천페이지의 불경을
불꽃 튀는 생을 훔쳐보았다

산중

아제는
아침, 딱따구리 울음 속으로 걸어 들어갔다
발걸음이 탁탁 땅거죽을 쪼아댔다

아짐은
낮, 찔레꽃 속에서 걸어 나왔다
나비 두 마리 팔랑거리며 따라온다

산밭
논 언덕

비안개 가득한
어둠 녘, 고라니 한 마리 다급하게 튀는 산중

떨림

소의 느린 걸음을 따라가는 아제의 발길이 힘겹다

늦가을이다

홑이불 한 장까지 잠방 젖은 사립 밖 나무들의 기
침 소리
배춧잎이 삐걱거린 창호지 문을 닫느라 야단이다

데꾼한 눈의 개만 수심의 어둠을 설컹대고
고인 비의 개밥그릇에 달빛이 떨고 있다

양식糧食

네팔 돌포 땅 카라반들이 야크 떼를 몰고 생사의
갈림길 같은 설산을 넘자 이제는 깎아지른 절벽 사이
로 난 길
소금짐을 실은 야크가 지나면 꽉 찬 길의 폭
절벽 아래는 수심 600m의 폭숨도호수
야크의 뒷발에 차인 돌멩이가 떨어지자 시퍼런 호
수가 덜컥 삼킨 삶의 벼랑길

험난한 여정旅程의 대가는

소금 한 차대기 주고
옥수수 세 차대기 얻는 것

일생을 걸어가야 하는 길

이 길의 양식으로 수천 년 삶이 이어졌듯이

단산 할머니댁

6·25 난리 때 군경에 싸그리 불태워졌다는 마을
전쟁 끝나고 산과 들과 강이 사람들을 불러 모아
먹여 살렸던 마을

이제는 수몰 댐 공사로 오십여 채 남은 마을의 사
람들이 다 떠나고 남아 있는 한 집, 불타버린 집터에
농사철 틈틈이 나무와 흙으로 바람벽을 세워 시랑고
랑 집을 지어 살다가 남편이 저세상으로 먼저 떠나버
리자 혼자 밭일 논일로 삭신 내려앉은 할머니 정기분
(79)의 세 칸 집

금사리 일대 집이 다 헐리고 딱 한 채 남은 여기로
몰려든 제비들
처마도리와 얄팍한 서까래 틈바구니마다 집을 지
었다

물레에 잔뜩 내갈겨진 제비똥을 닦던 할머니는

"짠하기는 쟤들이나 내 꼴이나……"

쳐다본 눈길

뽀송한 털의 제비새끼들 짹짹거린다
알을 품은 제비가 밖을 힐끔거린다

차마고도

해발고도 4,800m
네팔과 티베트 국경지대
생존에 꼭 필요한 물건을 얻기 위해
세상에서 가장 낮은 사람들이
세상의 가장 높은 곳에 팔월 한 달 장을 여는데

험준한 히말라야 설산을 수 개 넘어온 한 네팔 사내
가져온 물건은 딱 세 가지

보리 한 차대기
감자 다섯 알
마늘 세 쪽

이것이 전부

순박한 미소에 초롱한 눈망울이
산 밑의 세상을 굽어보면서

야크의 땅

네팔, 히말라야 산 밑 돌포 마을

소금을 되팔아 부족한 곡식을 얻기 위해 마을 장정
들은 야크 떼를 몰고 설산雪山 수 개를 넘었다. 집을
떠나온 지 보름 째 그러나 끝나지 않는 길 차마고도,
먹고 잠 잘 공간은 홑껍데기 포장뿐인 야영지에서 한
마리 한 마리 야크 떼에 눈길을 주던 체왕체갑라마
(54세)는

"야크 앞뒤에서 소리 지르며 걷는 것이 우리들의
삶입니다"

"노래를 부르고 웃기도 하며 야크를 몰면 하루가
가지요"

목숨을 건 이 일로 수천 년 삶을 이어오면서

깨라고

빈대가 극성을 부려 폐사되었다는 마을 동산에 고
려 적 정흥사지正興寺址
쓰러진 불탑 곁에 말라죽은 소나무 한 그루

이른 새벽부터 날아든 딱따구리가 죽은 나무를 탁
탁 쪼아대고 있다
마을이 울리도록 목탁을 세차게 두드리고 있다

다리를 끌며 염소를 매러 다니던 노인이 보이지 않
는다고
푸나무로 뒤덮인 산밭 폐농廢農이 늘어간다고

전답을 버린 세상
깨어나라고

죽시댁이 한 말

사십여 년을 생선장사 했다는 죽시댁 김순임(76),
식전에 벌교장에서 받아온 꼴뚜기를 예당리 인근 마
을을 돌며 파는데
오늘은 구멍가게로 사람 몇이 모이고
죽시댁 거친 손이 습벅한 바다를 들락거리기를
몇 번

"어이, 제울로 달아서 팔아야"
"염병할, 손이 눈금이고 마음이 제울이당께"

뼛속까지 저린 쌩쌩한 들바람이 문짝을 후린 겨울
아침

봉산리 노산들을 지나며

한 할머니는 비탈진 밭에서 가을걷이 녹두를 거둬
들이지만 알갱이는 달아나고 쭉정이만 남은 생이다
한 할머니는 질척거린 논에서 나락토매를 꺼내며
한 발을 빼고 나면 다시 한발이 빠진 생이다

빈들에 새 한 마리 녹슨 쇠스랑 끄는 소리로 사라
진다

십여 년 전, 이 마을에 살았던 고등학생은 사람들
의 뼈 빠진 노동에도 허덕거린 삶은 세상 탓이라며
몸을 살라 죽음으로 항변한 적이 있었다

쓸쓸한 가게

군내버스가 지나고 몇 시간째 홀로 남은 집
몇 집 남은 마을을 빤히 내다보는 가겟집

옆 마당에 매인 강아지가 종지 목으로 시간을 흔들고
풀린 닭이 문가에서 적적한 세상을 기웃대는 집

낮은 처마 밑에 아이들의 겨울내의가 손발을 동동
거리고
손잡이가 닳은 목발 하나가 방문 가에 쓰러져 있
는 집

먼지가 내려앉은 탁자에 찐 계란과 쉬어터진 김치
반쯤 비워진 대두병의 소주가 한 나절 떨고 있는 집

한 사람

산밭에 아제가 작년에 심었던
쪽파는 꽃대를 올려 흰 꽃 내밀었고
배추는 씨를 퍼뜨려 노란 꽃 무량무량합니다

그저께는 새벽들 찬바람 속에 잔기침 해대며 뒷밭
으로 가고
어저께는 풀 한 짐 가득 지고 황혼녘에 마을길 들
어섰지요
아침에는 안개 살풋한 동녘 논머리에서 먼 산 바라
기였지요
그리고 낮에 마을 앞길에서 교통사고가 났지요
그렇게 작년 초가을에 먼 길 가셨지요

밭가에 물팽나무
깃 쳐 오른 새들 여전한데

꽃을 보는 것이 아픔이고
덮여가는 생의 번성이 처참입니다

한 사람이 없어 묵전이 되었고
한 사람이 없어 폐농입니다

예견

병색이 짙은 연동할매 딸네 집으로 실려간다

가문 날 갈라터진 논바닥 같은 손이 차창에 들리고
눈자위 붉은 마을 사람들 곁을 떠나간다

어떻게 알았을까
돌아오지 못할 것을

할매 집 오래된 황국이 시들시들 마당에 늘어졌다
사립짝 단풍나무 바람 앞에 꿈쩍 않는다

제2부

이쁨

1
흙집 한 채를 짓고 다섯 마리 새끼를 깐 제비 한 쌍
날 새기 무섭게 문턱이 닳도록 먹이를 물어 나르더니

아침 햇살 온몸에 받은 빨랫줄에 처음인 듯 마주
앉아
무어라고 무어라고 쪼잘대는 저 애틋한 풍경

2
털 보송한 새끼제비는 엉덩짝을 집 밖으로 살짝 내
밀어
똥구멍을 옴쑥거리더니 콩알만한 똥을 냅다 갈긴다

금세 엉덩짝을 집 안으로 들이밀더니 시침 뚝 떼고
집 밖을 갸우뚱거린 저 순연한 눈빛

큰 발걸음

세찬 바람이 그치고 언덕 물팽나무에 걸려 있는 흰 구름
발걸음 쉽게 떨어지지 않았으리

귓불 째지는 실가지를 만지작거리며 털장갑을 끼워주고
두툼한 솜옷을 입혀주고 있다

이 구름의 때가 있어 혹독한 계절은 견뎌지리라
이 한 때가 있어 상처 난 삶은 매만져지리라

마음자리를 가다듬은 물팽나무
잔뿌리에서 솟구쳐 오른 온기가 온몸을 회돌아치자

흔적 없이 사라진 흰 구름, 큰 발걸음

호박순이

마당가를 뻗어가던 호박순이 머리를 꼿꼿이 세워
두리번거린다
두 귀의 더듬이를 쫑긋댄다

사람의 길 앞에서
생사의 갈림길에서

이제 막 태어난 호박 두 개를 매달고
핏덩이를 가슴 깊이 품어 안고서

언 듯

텃밭에 마늘을 심으려고 옥수숫대를 뽑아내자
애리애리 으슥한 흙의 맨살 위로
옆집 벚나무에서 뚝 떨어진 대매미가 파닥거린다

경驚을 치며 가야할 때가 있구나
햇빛과 바람의 때를 온몸으로 살았듯이

마늘쪽 밑에 죽은 대매미를 묻어주자
느티나무 쇠진 잎들은 날리어
흙의 맨살을 샛노랗게 덮었다

언 듯
마늘 싹은 시퍼렇게 머리를 내미리라

걸작

어느 예술가가 칼날을 단숨에 휘둘렀나

눈보라치는 산정山頂
귓불 째지는 적송의 몸통에 쌓인
눈송이, 눈송이에
비범한 흔적들

바람의 한 획으로 모든 작품을 훌쩍 뛰어넘어버린

저 경지

새의 길

밤새 잔설이 치고 그친 새벽
적정의 들길에 바람의 흔적이 있다

깡마른 풀잎을 움켜쥔 바람이
눈 위에 밤새 휘갈겨 놓은 말

한 마리 새가 안다는 듯

풀의 품에서 빠져나온 발자국이
눈길 위에 또박또박 새겨 놓은 말들

저 눈부신
경전經傳들

닭

시장에서 사온 닭이 또 한 마리 죽었습니다
남은 한 마리가 죽은 닭 옆에 웅크리고 있습니다
모이를 던져주고
물을 갈아주어도
일어설 줄 모르고 눈만 멀뚱합니다

딱딱해진 죽은 닭의 발을 쪼아대다가
털이 빠진 가슴에 머리를 주억거립니다

자두 꽃은 마당으로 분분히 날리는데
모과나무는 연녹색 잎을 틔웠는데
다시 등을 낮춘 닭 먼 데를 봅니다

혼자 갔던 생을 생각해봅니다
혼자 남은 죽음을 생각해봅니다

생시生時

죽은 백구白狗, 산이가 눈밭을 뛰어간다
언덕을 치달아 깊은 산중으로 튀어서
나는 숲 속을 찾아 헤매다 울다 잠이 깼다

날이 밝자 뒷산으로 나무를 하러가 반 짐 정도 지
게에 얹었는데 느닷없이 푹 쓰러지는 것이다. 지게를
바치고 한 짐을 다 채울 무렵 한 번 더 쓰러져 갸웃거
리며 다시 얹고 지게를 지고 일어서는데 나무 통가리
하나가 뒷머리를 툭 치며 떨어진 것이다. 꿈인가, 마
음 다독이며 산길 내려오는데 발목이 삐끗하여 몸이
휘청하는 것이다.

아차 ! 백구白狗, 산이의 무덤 근처구나
잎이 진 나무 사이에서 빤히 쳐다보는 것이다

지게를 받치고 가보았더니 벌목한 나무들이 무덤
위에 척척 걸쳐 있고 한 편이 파헤쳐져 엉덩짝을 들
짐승이 파먹었다. 집으로 가서 나무를 부리고 삽과

소주와 찬을 챙겨들고 무덤으로 가서 나무를 치우고
주변을 트고 헐린 봉분을 쌓아올려 몇 가지 찬에 소
주를 가득 따르고 음복주를 나눠 마시는데

　죽은 백구, 산이의 혼일까
　새 한 마리 앞 뜰 때죽나무로 날아들어 울어 제친다

　필시, 꿈인가

성자들

  소가 질퍼덕하게 싸지른 골목길 똥 무더기에 시커
멓게 달라붙은 똥파리들
  논둑길에 죽은 통통한 개구리를 한 점의 살까지 발
라낸 개미떼들

  작은 몸짓 하나가
  험난한 지구행성을 굴려왔구나

  평생을 농農의 마을에서 한 번도 벗어난 적이 없는
할매들처럼

기다림

비 내린 들 가운데 어린 새끼를 품어들인 어미염
소는
눈을 무겁게 끔뻑거리며 서성거린다

기다릴 무엇이 있는지

매화꽃 술렁거린 마을에서는 인기척이 없는데
몸서리 칠 밤은 성큼성큼 다가서는데

봄날

보았네

싯붉은 자운영 꽃 논에서 젖통이 통통 부은 염소를
붙들고 대막대를 휘두르는 할머니를
시도 때도 없이 암놈을 올라타는 수놈에 발끈하여
탱천한 분노를 내던진 할머니를

데꾼한 눈의 어미 곁을 따라붙는 허위단심의 새끼
두 마리
눈에 쌍불을 켠 수놈이 쩍쩍 입맛 다시는 해거름녘

고삐를 놓쳐버렸네

순간을 낚아챈 수놈은 암놈 뒤를 필사적으로 쫓고
새끼 두 마리는 들길로 튀고

싯붉은 땅과 하늘 사이에 넋을 놓은 할머니 한 분
바람 쏠린 마을 어귀에 흰 자두 꽃은 분분이네

달이

천둥번개가 치고 빗줄기가 철낙수를 이룬 밤
처마 밑에 놓아둔 고무함지에 빗물이 가득 찰랑였다

새벽이 되자 말끔히 씻긴 하늘에 스무샛날의 달이
튀어내려 물길 속에 알몸인 채 한가롭다

물끄럼말끄럼 감나무 잎사귀가 날리어
딸의 어머니처럼 민망의 치맛단을 펼치어 가린다

금세 종적을 감춘 달, 달
시침 뚝 떼고 하늘에서 내려다본다

버드나무가

보성군 득량면 오봉리
근래 가장 걸판진 잔칫상이 들 가운데 차려졌다

맘껏 잡수라고
벗들이여, 잘 살으라고

상다리 휘도록 꽃대를 일제히 내밀어
마을 마을의 벌 나비를 불러들이는데

도로확장 표시의 붉은 형장이
성큼성큼 다가서고 있었다

조문

며칠 비바람 속에 목이 꺾인 들깨 꽃자루들
튀겨진 좁쌀들이 땅에 새하얗다

너무 어리다

여치 한 마리 꺾인 꽃자루에 날아들어
구석진 자리로 파고들며 운다

가느다란 발을 빗속에 내놓은 채
차디찬 발가락을 꼼지락거리면서

나무

1

수몰 댐이 들어서며 마을 사람들의 한결같은 소망
이 있다

마을 사람들은 다 떠나더라도 저 나무만은 살려달
라는
장흥군 부산면 지동마을에 오백 년이 넘은 느티나
무가 있다

2

공사현장사무실이 들어서며 가장 먼저 철거된 지
동마을, 남은 한 집
오갈 데 없는 노인 지평할매(76)

밤중 잠깐의 비바람에 큰 가지 한쪽이 툭 부러진
사장나무를 보고

"큰바람에도 까딱없었는디……"

"마을사람 싹 떠나고 슬퍼서 그럴 거요 너무 고통
스러워 저럴 거요"

잔뜩 붉어진 눈시울
누대의 마을을 감쌌던 큰 산이 내려다보고 있다

무엇인가 잘못되었다

강아지 암수 두 마리에
고구마 한 광주리
현미 한 차대기 주었다

강아지 수놈 한 마리에
수채화 한 점
「덕중리의 겨울」을 주었다

현미로 밥을 지어먹고
고구마를 깎아 설컹대며
덕중리의 겨울날 속으로 걸어 다니는데

젖퉁이가 온통 상처뿐인 어미 개는 컹컹거린다
집 밖을 내다보며 밤새 서성거린다

제3부

어린 날

부뚜막에 한두 가지 반찬을 놓고 질게밥을 떠먹었
다, 어머니는

불씨 까물거린 아궁이에 두세 번 불을 지폈다, 할
머니는

밤이슬 내리고, 식구들 들일이 멀었는지
골목 삐딱한 대밭 길 인기척은 뜸했다

그 밤들, 곯아떨어진 잠에서
질질 끌린 볏짐을 지고 힘겨운 골목길을 밤새 올라
다녔다

백로

상강霜降이 지난 마을 어귀, 참나무에 목화송이 피
었다
솜이불감이 바람에 부풀려 있다

꼬리가 길다고 얼른 문 닫으라고 성화였다, 할머니는
군불 지핀 방바닥이 식는다고 소리, 소리 내질렀다

화들짝 놀란 백로들이 푸드덕 날아오른다
차디찬 구들의 들이 후끈 달아오른다

동태

생선 비린내 저린 전대錢帶는 골목 가득한 어둠까
지 싸잡아 휘달려 노량진 어시장에서 떼어온 동태 몇
짝을 부렸던 어머니

나는 궤짝에서 통째로 빠져나온 동태 더미를 무슨
슬픔이나 아픔에 겨운 듯 후끈 쳐들고 땅이 꺼져라
내리치길 수십 번, 한 몸이 된 동태 틈바구니로 예리
한 칼을 쑤셔 넣기 수십 번, 머리와 몸통에 무수한 칼
자국들, 세상의 칼끝에 들쑤셔 상처뿐인 나날들, 생
의 비릿한 울컥임들

골목길 들어선 좁다란 틈바구니에서 어머니는 온
종일 희멀건 동태눈처럼 풀리다가 물 만난 고기처럼
파닥이다가 쩍쩍 얼어터진 옷 같은 하루해는 저물고

닭이 울어

닭이 울자
단번에 트이네

우북한 잡초들의 무덤인 생가가 손을 탈탈 털고 일
어서네
방의 아랫목은 식어서 더 갈 데 없는 가난은 싯누
런 벽지에 그어댄 손톱자국이 꿈틀대네
장독대에는 엄니의 구시렁구시렁 손빔이 대바람에
섞여가네

날갯죽지를 탁탁 쳐대며
목울대를 꺾는 장닭이 울어

밥물 넘치는 가리나무 아궁이불을 부지깽이로 탁
탁 쳐대는 할매
맵싸한 눈을 쓱쓱 닦는 거친 손등이 보이네
나풀거린 연기 한 줄기
들 멀리 산 아래 마을이 털고 일어서네

까마득한 길들이 툭툭 트여가네

오미자나무

샘 위에 오미자나무
싹잎 내밀었다
힘겹게 발돋음했다

세상
비 내리고
며칠 바람 끝에
햇빛 나더니

새카맣게 달라붙은 벌레들
죄다 뜯어먹었다
뼈만 남았다

멀고 먼 험난할 길

어머니!

별을 보는데

새벽에 깨어 별을 보는데

솔숲을 나는 풀잎새 울음을 따라가지 못하고
마당가에 휘청거린 매화꽃망울에 다가가지 못하고

세상으로 등짝은 떠밀려 가는 것일까

신작로에서 죽은 마을사람의 길이 떠오른 것일까
처참의 시대가 왜, 문을 박차고 나오는 것일까

산등성이 위 또랑또랑한 별은 가자가자 채근하는데

농구가 걸린 헛간으로 눈길이 가는 것일까
삭힌 거름더미로 발길이 떨어지는 것일까

절창

해 떨어지자
몰랑 집에서 할머니
소리소리 내질렀다

점수야, 만수야

골목이 들썩이고
온 마을이 우렁우렁하도록

감자 두 개 내기
빈 논에서 새끼를 똘똘 말아 축구할 때

동서 편으로 나눠
결판나지 않은 자치기에 말타기 몇 번 남을 때

해는 뉘엿거리고
비둘기는 대숲으로 날아들고

만수야, 점수야

할머니 쉰 목소리
서산 마루턱에 턱 걸렸다

생목을 지나다

우리에서 풀려나온 돼지가 코를 벌름거리며 흙 마당을 뒤졌던가

일순!

맷집 좋은 망치가 숨골을 내리쳤던가
단숨에 햇빛과 바람이 앞무릎을 꺾고 풀썩 솟았던 흙의 눈자위가 풀렸던가

생목 깊숙이 식칼 쑤셔 박히고
콸콸 쏟아진 검붉은 선혈

서녘 가득
번지는 노을

남폿불

민둑굴에서 소 뜯기고 돌아온 어둑한 밤, 이근네 대밭길로 내려서면 꼬막등 같은 집 처마에 할머니가 켜둔 남폿불이여

생의 이짝에서도 깜박여다오, 제발
세차게 나부껴다오

고삐를 낚아챈 소가 함지에 뜨물을 단숨에 들이켜 허적허적 마구간으로 가고 소 똥냄새 잔뜩 묻은 손으로 허겁지겁 밥숟갈 들던 때

쑤셔 박히던 남폿불이여
할머니 눈빛같이 애잔하게

강리江里

작은하내 제삿날 매찬 들고 걸어서 십리 길 당고개
말 귀신 나온다는 여기서 십리 길 강리

껀정한 강리할매가 맨발로 튀어나온 사립에 한 그
루 성성한 유자나무, 가지가지 낭창거려 반색이었다
한두 살 터울의 육촌 형제들은 갯내음 물씬한 사장으
로 낚아채 자치기에 말타기에 비석치기에 성큼성큼
다가선 어둠은 먹이를 노리는 들짐승의 눈처럼 번뜩
였으나 귀신놀이까지 몇 발자국 남은 밤, 제풀에 놀
란 마을아이들은 툭툭 떨어져 풀숲으로 몸을 숨긴 알
밤처럼 하나 둘 사라지고 우리는 낮은 처마의 할매
집에 들어 게 눈 감춘 마파람의 저녁상을 물릴 때 쯤,
마루에 걸린 남폿불의 심지가 돋워지고 제상은 차려
졌다. 삶은 닭과 조개탕국의 훈김이 일가의 가난을
밀치고 육촌지간의 형제들은 문턱이 닳도록 눈독을
들였으나 곯아떨어진 잠은 재배, 축문, 음복의 때를
훌쩍 건너뛰어 버리고

새벽녘

　까무잡잡한 얼굴에 늘 웃는 당숙모가

　한 꾸러미 제사음식과 샛노란 유자와 짠한 눈길까
지 들려주던, 강리

　첫차에 오르면 새벽 장에 가는 사람 몇

　성에 낀 창을 쓱 문대면 거기 눈시울 젖은 아침노
을, 강리

복내면 당촌리

삭정이 같은 다리를 드러낸 채 콩대를 털고 있는 할머니, 아니 콩대가 할머니를 또닥거리는 허물린 집 칸 마당에 침침한 그림자가 비릿한 콩알을 성큼성큼 주워 먹고 있었다

하굣길 아이 몇은 당산나무 아래서 풋바심으로 논 둑길을 튀는 새끼염소처럼 목청 돋다가 스적거린 강바람에 사라지고 늙은 개 한 마리 어슬렁거렸다

성성한 탱자울 넘어 마구간 소와 눈길이 부딪힐 뿐, 골목길에 나앉아 잔뜩 배를 부풀린 봉숭아 씨앗 탱이가 톡톡 터져 적적 속을 두리번거렸다

짚신마을은 수몰水沒되고 짚신들을 낀 강줄기에 황새 한 마리 억새꽃 속에 잠방거리다 마을 위 천인정天仁亭 솔밭으로 날아들었다

천인정 별신당에 칠성님을 상징하는 양근석陽根石

일곱 개는 헐어빠진 거미줄 속에서 구시렁거리고 신체神體로 섬겼다는 몇 백 년 묵은 적송이 핼쑥한 가을 하늘을 뒤척이고 있었다

　당촌 뒷길로 이어진 산밭에 수숫대가 갈피없이 흔들리고 콩대를 매던 한 노인 저물어가는 강줄기에 넋을 놓은 복내면 당촌리

마복산

　백두대간을 치달다 남도의 끝자락에서 지쳐 쓰러
진 말馬
　앙상한 뼈다귀만 남은 말의 배꼽 아래에 터를 잡은
사람이 있다

　귀농 몇 년 째
　생들의 아픔을 꿰뚫은 사람, 동관 씨

　여기저기서 모아진 흙과 돌과 나무로 농사 틈틈이
집을 짓고
　닭 개 고양이 제멋대로 튀도록 풀어 놓아 밥상에
어우러진 삶
　묵힌 땅을 북돋아 논밭농사로 생들의 젖줄을 터가
는 사람

　수년 동안 꿈쩍 않던 말의 산이 꿈틀하더니
　뒷발을 탁탁 쳐대고 있다

휘둥그런 눈빛에 별이 솟았다

강아지 팔던 날

굴박스에 실려가는 강아지 세 마리
필사적으로 따라붙는 어미를 따돌리고 겁에 질린
새끼들 안절부절한 눈빛 외면했네

비린내 흥건한 생선전 옆에 개전塵
목이 꺾인 채 캑캑거린 앞집 오리들

한 마리는 우산리 할머니가 사가고
두 마리는 개장수가 낚아채버렸네

우리 곁을 영원히 떠나버렸네

개 판 돈으로

술 몇 잔 벌컥이고
자반고등어 한 손 사들고 터덕거린 장날

찬바람은 한 데 걸린 국밥집 무쇠솥에서 끓고

햇살은 닭집 도마 위에서 댕강댕강 잘려나갔네

할머니 생각

노쇠한 방아깨비 한 마리가 어린 새끼를 등에 업고
서녘을 바라보고 있다

아들은 여순 난리 때 지서로 끌려가 돌아오지 않고
젊은 며느리는 화병으로 죽어

젖떼기 손주의 울음을 달래다 달래다 등짝에 둘러
업고
지땅 밭머리로 치달아 황혼의 서녘에 넋을 놓곤 했
다는 할머니처럼

제4부

길손이여

가파른 벼랑 끝에 감나무, 몇 알 익힌 결실이 핏빛
이다

더구나, 역광逆光의 햇빛에 속살이 눈부시다

길손이여 !

오래 걷는 자만이 영혼의 살빛을 도륙屠戮하려니

부디, 요기하시라

뚝 떨궈 준 홍시

흔적 없어라

적막

진달래 꽃잎으로 화전을 부쳐 먹었으나
마음의 처마에 꽃등 하나 내걸린 적 없고
호박구덩이를 파고 씨를 묻었으나
마음의 뜰에 푸르른 넝쿨 한 가닥 뻗쳐 본 적 없는

생의
적막이여

아궁이 가득 생솔가지 지펴
심통心筒 뻥 뚫리길 바랐으나
온 들 가득 튀치길 바랐으나
제자리를 맴도는
매캐한 생이여

산 녘에 염소가 울고 있는 저물녘이다
하루 내 매인 개가 찬바람에 끙끙대는 어둠녘이다

일침一針

높은 하늘에서 맴돌던 한 마리 매
엄청난 속도의 직강하로
쥐의 정수리를 단번에 쪼아 발톱으로 낚아챈다

감각이여
깨어 있는 몸이여

수천 번 화살을 날렸으나 생의 과녁은
오늘도 비 내리고 바람만 스칠 뿐

깜박이다

불룩한 배의 사마귀가 마른 콩대에서 헛발질하는
늦가을
문득 돌아보면 바싹 마른 들깻단 털리듯 사립짝 나
무에서 잔기침 해대는 계절이 우수수 떨어진다

굴뚝 연기는 곧게 솟아 잘도 흩어지고
심통心筒의 아궁이에 걱정의 불 지핀 나날이었으나
마음 짝의 구들은 써늘하고

갈기 세워 치닫는 서녘의 하현달이 가깝다
한 점 걸어둔 마음의 등마저 깜박거린다

깨는 일

녹이 슨 낫 서너 자루 숫돌에 슴벅하게 갈아 헛청에 걸어둔 일
몸 구석구석 쌓인 흙을 털어내고 물로 씻어 삽의 맨살을 들여다본 일

개안開眼하다

곪은 종기 고약에 뿌리 채 뽑혀버린 저녁처럼

갈린 논에 두 귀 쫑긋거리며 튀어드는 물소리 가깝다
우중의 산 숲을 나는 지빠귀 새의 울음이 생생하다

날이 새면

밭둑에 풀을 싹싹 베어내고
고구마 두둑을 치리라

똥을 푸다가

되먹지 못한 세상한테 똥통 거덜나도록 퍼찌끌까,
이 꿀렁꿀렁의 적개심을 확 터뜨릴까, 하다

생각한다

뒤집어써야 할 사람은 정작 내가 아닌가

텃밭에 말라비틀어진 시금치
목줄에 매인 새끼 밴 개가 파 젖힌 흙구덩, 그 절망
의 깊이

갇힌 집에서 물고 뜯는 닭을 보면서
꽃망울 매단 채 잘려나간 살구나무를 보면서

구더기 꿈틀대는 똥바가지를 추켜들고

상강霜降 무렵

끝물 고추를 따 들이고
마른 들깻단을 두들겼다

손목 힘이 풀린 칡덩굴은 가파른 나무 계단에서 맥
을 놓았다

홍자색 감잎이 느리게 하산하는 길로
서까래 한편이 무너진 집에 남은 햇빛을 갉작대는
거미

뜸 드릴 시간이 없다

산밭 볏짚을 져 들이고
염소를 몰아들여야 하리라

만년필

어디로 갔을까

한나절 길을 걷다 없어진
만년필

동거의 날은 길었으나
산녘의 바람, 피고 지는 꽃들, 비상하는 새의 길을
흔쾌히 받아 적지 못하고
삶의 아픈 편린을 한 번 읽어내지 못하고
끄적거린 날들
집이 답답했을까

피라미떼 쏜살같은 강변 갈대밭이나
산 깊이 낙엽 쌓인 숲길로 줄행랑을 놓았을까
참담한 시대가 오고 있다고, 맞서겠다고
들 가운데로 튀쳤을까

지나던 길목의 주막 어디쯤일까

눈 한 번 번쩍 트지 못한 날들이 지겹다고
대상의 변죽만 깨작거리는 필설이 역겹다고
날뛰다 날뛰다 박차고 나간 것일까

밤새 바람치고 눈발은 드센데
세상의 물길은 얼어터지는데

어디로 갔을까

욕했나

불타는 아궁이에 벚나무 토막을 넣고 흰 벚꽃 펄펄
한 계절을 보겠다는 것
빗자루로 마당을 쓸며 마음의 속진을 날려보겠다
는 것

욕慾했나

남미에 좌파정권의 바람으로 혁명의 시대가 도래
한 것처럼 날뛰었던 것
땅심을 져버리고 논밭에서 삽과 괭이를 들고 힘으
로 설쳤던 것

욕이 너무 과했나

마음의 끝을 보겠다고 낡아빠진 텐트 한 채 지고
산으로 갔던 것
심중에 불기둥을 세워보겠다고 폭우 속을 뛰었던 것

초가을에

도열병으로 버들은 주저앉고
고구마 밭은 멧돼지들이 뒤졌다

골바람이 밀려든 콩밭에 설익은 결실은 자맥질이다
차디찬 구들의 호박꽃에서 벌새는 다시 길을 뜬다

산밭에 일군 채소에 무성한 벌레들
고추에 싯누런 탄저병들

어쩌나

하늘 깃 탁탁 쳐대며 딴살림 차리러 가는 철새들처럼
옴싹거린 입을 다물고 발길 거둔 토란 뿌리처럼

한 번은 길을 떠나고 싶다
낯익은 길을 둘러쳐 캄캄 앞에 나를 세워두고 싶다

땅의 생을 다시 만나려면

갈망

먼 데서 불빛
나무의 그림자들 꿈틀거린다
벽면에 달라붙은 무수한 잎들
생생한 그림들

한 번의 파계로 평생을 후려 먹는
자잘한 상처들과 진탕의 술과 부유하는 쪽배의 나여

새가 날고 비가 들이친 시간들을
쓰라림과 기쁨을 떠안은 계절들을

푹 찢어 화폭으로 걸고
시커먼 불빛 껴안고 온몸 빡빡 그어대면

생이 난무한 텃밭이나 일궈질까
천둥번개 내리치며 정신 깨이기나 할까

벽면에 일렁이는 나무의 그림자들처럼

꿈틀거리며 솟구칠 생의 날은 오기나 올까

살다보면

시세가 일어 나락이 군데군데 주저앉았다
자식들을 거느린 채 고춧대는 탄저병으로 말라갔다

떠가던 구름이 하늘에 턱 얹혔다

푸른 잎의 들깻대 흰 꽃이 벌 나비를 불러들였다
무작시럽게 뻗어가던 오이넝쿨은 꽃마다 오이를
매달았다

흐르는 물소리는 가락을 실었다

매어진 개가 애타게 울 때가 있고
염소 새끼들 마음껏 뛸 때도 있다

막힘없이 떠다니는 구름 같은 기쁨의 때가 있고
흐르는 물길 턱턱 막히는 절망의 때도 있다

낫이

가죽나무 껍질을 벗기다
팽개쳐 둔
낫 한 자루

달빛이 벼리었나
바람이 시퍼렇게 갈아두었나

혼신으로 자신을 일깨운 적기敵氣일까

새벽
낫날

번뜩인다
서릿발 섰다

제5부

강가

한 사내
강에 발을 드리우고 추켜든 그물을 힘껏 펼친다

물오리 떼가 솟구치고
풀숲에서 고라니 한 마리 튄다

걸렸다!

물속으로 비쩍 마른 몸의 파닥거린 노을

붕어찜이 끓던 집의 사내는 벌써 취했나
생선 가시 같은 달이 감나무에 턱 걸쳤다

사이

예당리 감동마을 외딴집 할머니 모처럼 마실 가신다

사립 밖에 매어진 염소가 눈을 빛낸다
들바람에 눈빛이 꼿꼿해지는가 싶더니

함께 가자고
외롭다고

고삐가 끊길 듯 뛴다
발광이다

새파랗게 돋은 풀을 마다하고
잔등 쓰다듬는 햇빛을 걷어차 버리고

쓸쓸

마을 언덕에 바람이 쪼아 먹다 버린 남은 감 몇 개

직박구리가 입다심하다 떠나고
뼈다귀만 남은 감씨를 햇빛이 핥고 있다

누가 있어
저 쓸쓸을 맞대거리하랴

적적의 마을
한 지붕에 또 수의壽衣 한 벌이 올려졌다

새벽길

비바람 그친 새벽길
사람의 발길이 끊겨 잡풀로 뒤덮인 산길

함부로 걸으면 안 된다고
살아있는 것들이 보이지 않느냐고

길 가운데 꼬리를 바르르 떨며 노려보는 눈빛의 독사
몸에 얼굴에 투망 같은 그물을 던져대는 거미

이제 막 순산한 맥문동 꽃이 짓이겨졌다고
젖은 날개를 털어 날기를 시도한 메뚜기가 짓밟혀
졌다고

가지 말아야 할 길도 있구나
가서는 안 될 길도 있구나

뱀의 눈빛은 독이빨을 성큼 박을 기세다
거미의 눈빛은 감긴 몸을 야금야금 뜯어먹을 기세다

산책길

예리한 낫으로 쳐대던 풀들
날카로운 톱으로 썰어대던 나무들

풀에서 귀뚜라미와 땅개비가 튀고
나무에서 새들이 혼비백산이다

남들이 다 가는 길을 가겠다고
싹터 오른 격정의 생기를 무질러버리고

몰라!

더 걸리적거린 것은 없나
두리번거린 나에게

닥쳐올 일은 무엇일지

어떻게 살아야 하나

새벽녘 창창한 숲으로 들이친 비바람에 잔털들 내
밀어
식구끼리 옹기종기 모여 떨던 고사리네 식구들 몽
땅 꺾어왔기 때문일까

울울한 소나무 숲에 솟아난 더덕들, 촉수를 번뜩이며
갈 길을 두리번거리던 애탄 눈망울들 끊어서 무작
스레 끊어서 술안주 했기 때문일까

죽음 직전까지 갔던 교통사고는

밭둑을 베어가다 풀숲에 얹힌 새알 품은 오목눈이
집을 부수었기 때문일지도
마당가에 돋아난 질경이에 한 마디 말없이 삽날을
들이댔기 때문일지도

두 마디

고향 찾아들어 덕산밭 할머니 산소로 가는 들판길
에서 뵈었네
힘겨운 몸으로 모내기할 구뽀똥 논둑에 흙을 붙이
던 작은아버지

교통사고로 크게 다쳤던 나에게

"고생했지야"
"인자 몸은 괜찮냐?"

딱 두 마디

덕산이 울컥 치달아오네
냇가 버드나무는 그렁그렁한 눈을 돌려 버렸네

춤추는 여자

자연으로 돌아갈 수 있는 가장 멋진 일은
저 깊은 마음속에서 솟구쳐 오른 명상 춤이다

라고 말했던 박태이*는 죽었다

춤으로

몸의 극치에서 저절로 터져 나온 영혼의 소리에
숨을 거두었는지 모른다

격렬한 야생에 맡긴 몸이
활짝활짝 삶의 고통스런 문 열어 제치다 울컥 숨을
놓아버렸는지 모른다

「바람에
　진다
　갓 태어난 진달래 꽃잎처럼」*졌다

영원한 자연인

흙으로 돌아갔다

* 박태이 − 춤명상가
* 인용문 − 박태이의 「마지막 수행일기」 중에서

혼자서

비 들이친 산중으로
비안개 휩싸인 날

마을들녘에 한 사람 개동 양반
잡방 젖은 논둑길을, 삶의 질척을 싹둑싹둑 잘라내
야 시간이 가듯
사장나무 아래 한 사람, 보곡 아짐
도라지 밭에 잡풀을 우득우득 뜯어내야 하루가 저
물 듯

내리치는 빗발 속에
묵묵히 혼자서

누군가에게 말할 수 없는 깊은 시름은 있어서
속 깊이 만져지는 설움은 있어서

가야 할 먼 길

물 한 모금 없는 길에서 팔딱거린 붕어가 있지 않
았냐
해가 뜨고 꼬리 탁탁 쳐대는 저 눈, 살점을 물어뜯
으러오는 개미들

삶의 피가 솟구쳐 가슴 붉어져도 먼 섬으로 장사로
떠돌았지 않았느냐, 어머니는
속으로 울어서 울어서 눈이 늘 짓물렀지 않았냐,
할매는

시야!

살수록 험한 세상바람은 문짝을 후려치는데

눈 부릅뜨고 가야 할 길, 멀고 멀었지 않느냐

개가

우리집 개, 달래

풀렸다

물고랑으로 첨버덩 튀어들고 가시덤불 뒤엉킨 숲
속을 창창한 대밭을 속수무책이다
어디든 야생의 눈빛으로 생생이 뛰는 개

세상 속에 너무 오래 묶였나보다
순하게 길들여진 나는

거꾸로 솟구쳐 오른 야성은 잠깐 뿐
금세 잘 닦인 길로 들어선 나는

산제비나비

백로白露 무렵에 상추 씨를 뿌리려 우거진 풀을 뽑
아내고 흙을 파제끼니 집이 뒤집힌 개미들 새카맣게
우글거린다

집 언덕 시누대서 산제비나비 한 마리가 잽싸게 날
아들더니 일군 밭 아래쪽을 내려다보며 날개를 파닥
인다

개미들이 알을 물고 안절부절 천지사방으로 흩어
지고 있다고
무슨 일을 저지르고 있냐고

발 문

자연 그대로,
시계 밖의 푸른 시간을 사는 시

고재종 시인

1

일찍이 자본과 문명의 생활에서 스스로를 철수시켜 숲과 자연으로 들어간 사람들이 있었다. 우리에게 익히 알려진 『월든』의 저자 헨리 데이빗 소로우와 『조화로운 삶』의 저자 헬렌 리어링과 스코트 리어링이 대표적이다.

그중 소로우는 1845년 월든 호숫가의 숲속에 들어가 통나무집을 짓고 밭을 일구면서 모든 점에서 소박하고 자급자족하는 생활을 2년간에 걸쳐 시도한다. 그 결과물인 숲 생활의 기록 『월든』은 자연예찬인 동시에 문명사회에 대한 통렬한 비판이며 그 어떤 것에도 구속받지 않으려는 한 자주적인 인간의 모습을 그려내고 있어 21세기 생태적 사유와 삶을 추구하는 사람들에게 한 전범이 되었다.

소로우는 2년간의 삶을 추구하는 데 있어 실험적 의식이 강했지만, 헬렌 리어링과 스코트 리어링은 1차 대전 후 미국의 대공황기에 아예 교수직을 내던지고 버몬트의 황무지로 들어가 온몸으로 농사를 지으며 20여 년 간을 살았다. 자본주의 경제로부터 독립하여 자연 속에서 자기를 잃지 않고 조화롭게 살겠다는 확고한 의식 아래 감행한 그 창조적인 삶은 이후 이 세상에 보탬이 되는 삶이 어떤 것인지 혼신으로 보여준 전례가 되었던 것이다.

두 사람은 조화로운 삶을 살기 위한 원칙을 세운다. '먹고사는 데 필요한 것들을 적어도 절반 넘게 자급자족한다. 스스로 땀 흘려 집을 짓고, 땅을 일구어 양식을 장만한다. 그럼으로써 이윤만 추구하는 경제에서 할 수 있는 한 벗어난다. 돈을 모으지 않는다. 따라서 한 해를 살기에 충분할 만큼 노동을 하고 양식을 모았다면 돈 버는 일을 하지 않는다.' 는 등등의 원칙을 철저히 지켰다.

이들처럼 자본과 문명의 생활에서 스스로를 자연과 숲으로 철수시킨 시인이 여기 있다. 아니 지금은 자본과 문명이 전 지구를 잠식한 화려 찬란한 21세기이니 '철수'했다기보다는 스스로를 '유폐'시킨 것이 아닌가 하는 생각이 들 정도로 숲으로 들어간 시인 송만철.

그는 원래 고향인 고흥에서 고등학교까지를 나온 뒤 생계 때문에 서울로 이사 간 어머니를 따라가서 대학을 졸업하고 그곳에서 20여 년을 살았다. 그 중 경기도 안양에서 5년여의 교사생활 끝에 어머니의 반대에도 불구하고 도시 생활을 청산하고 가족만을 데리고 고흥으로 돌아왔다. 그토록 서로 올라가려고 기를 쓰는 서울을 버리고 그가 몸 담게 된 고향 학교는 1년 만에 폐교가 되는 바람에 가까운 보성으로 발령 나 읍에서 생활한다. 그러다가 다시 보성읍에서 더 깊은 산골인 봉화산 자락의 봉산리 오서마을로 삶터를 옮겨 잡은 지 10여 년.

그의 집에는 TV가 없다. 그는 휴대폰도 없다. 식구는 넷으로 그의 아내와 아이 둘. 그 중 아이들은 초등학교만을 마치고 더 이상 학교에 다니지 않았다.

한때 필자랑 같이 시모임을 했기에 알게 된 송시인

의 집을 방문한 적이 있다. 몇 년 전 그가 근무하던 보성복내중학교의 초청을 받아 강의가 끝난 뒤, 그의 집을 찾아갔을 때 보고 느낀 것은 신선한 충격이었다. 시골마을인 오서로 들어온 이유하며, 이제 초등학교를 졸업한 아이들이 더 이상 학교를 가지 않는 것하며, 저녁밥상을 차리는데 딸은 텃밭에서 상추를 뜯어 씻고 아들은 밥상에 수저를 놓고 부인은 국을 끓이고 송시인은 밥을 차리는 등 철저히 일을 분담하는 방식이 하나같이 궁금하던 것이다.

어째서 이 마을로 들어오게 됐느냐는 나의 어렵사리 하는 질문에 "마을이 전통적인 농사를 지으며 자연 그대로 사는, 그야말로 마을이 그 어떤 것에도 훼손되지 않아서"라는 것이었다. 혹시 무슨 생태주의적 사유나 귀거래歸去來의 심정 때문인가 하는 생각이었는데 특별히 그런 것 같지도 않고 그냥 자연스럽게, 자연 그대로의 삶이 좋아서 들어왔을 것이라는 감이 들었다.

"여기저기서 모아진 흙과 돌과 나무로 농사 틈틈이 집을 짓고/ 닭 개 고양이 제멋대로 뛰도록 풀어놓아 밥상에 어우러진 삶/ 묵힌 땅을 북돋아 논밭농사로 생들의 젖줄을 터가는 사람"(「마복산」)의 시를 통해 그의 생활 역시 엿볼 수 있다. 또 그의 딸은 한때 우리 쌀 살리기 전국도보순례에도 참여했고 요즘은 자연의학과 명상에 관심이 많다. 아들은 이런 저런 책도 읽고 자급자족하는 농사의 꿈도 꾸며 학교를 완전히 벗어나버린 탈학교脫學校 아이들과의 모임을 갖는 등 자기들 방식대로의 삶을 살고 있다.

그런 그가 연전에 죽음 직전까지 간 교통사고를 당해 큰 고생을 하는 아이러니를 겪어야 했다. 차도 들어오지 않는 마을이어서 학교 출퇴근 때문에 할 수 없이 유지하고 있는 문명의 이기인 자동차에 당한 것이다. 그는 그 교통사고의 이유를 자기가 함부로 생명을 손상시킨 때문이라고 생각하는 듯 「어떻게 살아야 하나」라는 시에서 자탄을 한다.

새벽녘 창창한 숲으로 들이친 비바람에 잔털들 내밀어
식구끼리 옹기종기 모여 떨던 고사리네 식구들 몽땅 꺾어왔기 때문일까

울울한 소나무 숲에 솟아난 더덕들, 촉수를 번뜩이며
갈 길을 두리번거리던 애탄 눈망울들 무작스레 끊어서 술안주 했기 때문일까

죽음 직전까지 갔던 교통사고는

밭둑을 베어가다 풀숲에 얹힌 새알 품은 오목눈
이 집을 부수었기 때문일지도
마당가에 돋아난 질경이에 한 마디 말없이 삽날
을 들이댔기 때문일지도

모른다고 하며 이후 "어떻게 살아야 하나"라고 질문
을 스스로에게 통렬히 하는 것이다. 필자는 그런 그
에게 '어떻게 살긴, 그냥 살면 되지'하고 어깃장을
한번 놓고 싶지만 그러지 못한다.

그는 이미 죽은 백구라는 개의 파헤쳐진 무덤 때문
에 꿈이거나 생시거나 나뭇짐을 지고 오다 휘청거리
고(「생시」), 논둑길에 죽은 통통한 개구리들을 한 점
의 살까지 발라낸 개미떼들에게 성자라 호칭하고
(「성자들」), 비바람 그친 새벽길 가는데 "길 가운데
꼬리를 바르르 떨며 노려보는 눈빛의 독사"와 "몸에
얼굴에 투망 같은 그물을 던져대는 거미"가 자기에게
그렇게 대하는 것은 그의 발길에 "이제 막 순산한 맥
문동 꽃이 짓이겨졌다고/ 젖은 날개를 털어 날기를
시도한 메뚜기가 짓밟혀졌다고"(「새벽길」) 항변하는
것이라는 생각을 한다. 그러면서 "가지 말아야 할 길

도 있구나/ 가서는 안 될 길도 있구나"라고 자꾸 다
짐하는, 그러니까 모든 귀신과 생령들의 목소리를 듣
는 물활론자가 되어 있기 때문이다.

어떻게 보면 자연주의적이고 생태적인 사유의 극
단이라고 말할 수 있지만 그보다 그는 이미 그 자연
물들 속에서 자연물과 동등한 삶을 살고 있어서 미물
곤충의 생명이나 나무순까지도 자기의 생명과 같이
여기는 사람이 되어 있기에 그런 논리적 언사는 필요
치 않는 것이다.

2

필자는 그런 그의 삶을 '자연 그대로의 삶'으로 보
지만 그와 연관한 '시계 밖의 시간'을 사는 삶이라는
측면에서 보기도 한다. 시계 밖의 시간이란 서구의
근대성의 속도에 저항하는 자연의 시간을 말한다.
'시간은 돈이다'라는 벤자민 프랭클린의 저 유명한
말씀 이후 오늘날 어느 기업에선 하루를 15분의 일정
으로 쪼갠 달력이 나올 정도로 철저하게 물질적이고
경제주의적 관점에서 시간을 본다.

제이 그리피스라는 사람은 『시계 밖의 시간』이란

책에서 시간에 대한 지금까지의 지배담론을 거부하면서 시계 밖의 다른 시간에 대한 깊이 있는 통찰을 보여주며 고도로 정치적이며 문화 제국주의적이며 기독교적 선형주의에 빠져 있는 근대 서구의 시간을 해체한다. 과거와 미래가 어떻게 인식되고 있는지, 근대성의 속도는 자연의 시간을 어떻게 위협하는지, 여성의 시간은 남성의 시간과 어떻게 다르고, 어린이의 시간은 어른들의 시간과 어떻게 다른지 세밀하게 고찰하며 '시간은 돈이다'는 우리의 시간관념을 바꾸어놓는 것이다.

'속도와 추월에 대한 우리의 굴복, 자동차도로 그리고 그것과 파시즘의 연관성, 머큐리와 시간의 신화학과 속도, 폭력적인 죽음을 통해서 초시간적인 아이콘이 된 여성 다이애나와 마릴린 먼로, 역사와 그 유산인 산업, 그리니치표준시의 천박함, 패스트푸드와 빠른 언어' 등등의 주제를 통해 인간이 만들어낸 시간과 자연의 시간을 대비시키면서, 시간은 유연하고 교직이 가능하고 야성적임을 상기시킨다.

우리가 근대적 시간관념으로 1월, 2월, 3월하고 선형적인 시간을 셀 때 가령 마다가스카르 말라가시족의 캘린더는 눈보라가 장막 안으로 쳐들어오는 달, 호리병박꽃이 피는 달, 황소가 사코아나무 그늘을 찾는 달, 뺄닭이 조는 달, 빗물에 밧줄이 썩는 달 등으로 되어 있는 것을 보라. 자연 순리적이거나 존재의 황홀이 열리는 그런 시간은 시계 밖에서야말로 무한히 확장되고 깊어질 수 있는 것이다.

송만철의 시가 시계 밖의 시간 속에서 얘기될 수 있는 것은 우선 다음의 「남폿불」이라는 시를 통해서이다.

민둑굴에서 소 뜯기고 돌아온 어둑한 밤, 이근네
대밭길로 내려서면 꼬막등 같은 집 처마에 할머니
가 켜둔 남폿불이여

생의 이짝에서도 깜박여다오, 제발
세차게 나부껴다오

고삐를 낚아챈 소가 함지에 뜨물을 단숨에 들이
켜 허적허적 마구간으로 가고 소 똥냄새 잔뜩 묻은
손으로 허겁지겁 밥숟갈 들던 때

쑤셔 박히던 남폿불이여
할머니 눈빛같이 애잔하게

이 시는 시인의 문법적 오류 때문인지 분명 시제가 잘못되어 있다. 1연에서 "민둥굴에서 소 뜯기고 돌아온 어둑한 밤"인데, "이근네 대밭길로 내려서면 꼬막등 같은 집 처마에 할머니가 켜둔 남폿불"이 있다. 그러니까 분명 지금 시적화자가 소 뜯기고 돌아온 현재의 밤에 이근내 대밭길 꼬막등 같은 집에 할머니가 현재 "켜둔" 남폿불이 있는 것이다. 그런데 그 남폿불은 2연의 "생의 이짝에도 나부껴다오"랄지 3, 4연의 "밥숟갈 들던 때// 쑤셔 박히던 남폿불이여"라는 표현을 보면 분명 과거의 회억 속에 되살아나는 남폿불인 것이다. 더구나 남폿불을 지금까지 켜는 집은 어디에도 없을 테니까.

그럼에도 1연에서 왜 그 남폿불을 "켜두던"이나 "켜두었던"이 아니라 "켜둔"이라고 표현했을까. 이는 시인의 문법적 오류라고 규정지어버릴 수 있지만, 그보다는 시인의 심상 속에 살아난 그 과거의 남폿불이 워낙 강렬해 그것이 실제 눈앞에 켜진 것으로 보아버린, 한마디로 과거 현재 미래라는 선형적 시간을 의식하지 못한 시계 밖의 시간 속에서 존재의 황홀에 취해버렸기 때문이라고 한다면 억측일까.

하지만 그것이 억측일 수만 없는 것은 그의 시는 사실 누군가 명명했듯이 '오래된 미래'라는 관점에

놓인 시들이 대부분이기 때문이다. 근대적 문명과 속도의 시간을 사는 사람이라면 그야말로 답답하고, 고루하고, 느려터진 그의 시들에 대한 해석을 무슨 요량으로 할 것인가. 오히려 그런 시계 밖의 시간 속에 사는 그이기에 다음과 같은 미미한 존재의 숨결을 황홀하게 느낄 수 있는 것 아니겠는가.

자빠룩한 함석지붕에 줄기찬 빗줄기들 난타다
비가 들이친 좌판 앞에 중늙은이 졸고 있는 어물전은 작파다

보리밥집 한데 걸린 국솥은 자글자글 끓고
눈이 풀린 장손님은 술잔을 비운 지 오래다

잡곡전 바닥에는 탱탱 불린 콩 몇 알이 빗물에 떠밀려가고
처마 밑에 세워둔 목공집 나무의 아랫도리는 많이도 헐었다

장작불이 지펴지던 튀밥 전으로 빗줄기는 푸른 시간의 불꽃을 튀기고
톱날을 갈던 자리에 빗줄 슬픔의 각을 세우고

있다

- 「우중」 전문

　지금은 존재하지 않을 것 같은 어느 시골의 한적한 장날 풍경을 묘사한 시인데 빗줄기 난타하는 함석지붕, 중늙은이 졸고 있는 어물전, 보리밥집 한데 끓는 국솥, 눈이 풀린 장손님, 잡곡전 바닥에 뒹구는 탱탱 분 콩알, 처마 밑에 세워둔 목공집 나무, 장작불이 지펴지던 튀밥전, 톱날을 갈던 자리 등에 '푸른 시간'의 불꽃이 튀고 있는 것이다. 여기서 "푸른 시간"은 존재의 황홀한 시간이다. 근대적 시간을 벗어난 시계 밖의 시간이다. 그러나 한편으로는 그 삶의 애잔한 것들에 대한 시인의 슬퍼하는 마음이 빗줄기가 되어 내리기도 하는 그런 장풍경을 송만철 시인의 시에서 말고 오늘날 어디에서 대하겠는가.

　프랑스의 철학자이자 작가인 피에르 쌍소는 그의 유명한 저서 『느리게 산다는 것의 의미』에서 아무런 이유도 없이 허둥지둥 바쁘게 움직이는 생활에서 결연히 벗어날 수 있는 지혜를 우리에게 전하고 있다. 그것은 우리 시대의 낡은 가치들 중에서도 가장 뒤떨어진 것으로 여겨지는 '느림'이다. 그에게 있어 느림은 개인의 성격 문제가 아니다. 느림은 부드럽고 우

아하고 배려 깊은 삶의 방식이다. 느림은 살아가면서 겪는 모든 나이와 계절을 아주 천천히 아주 경건하게 주의 깊게 느끼면서 살아가는 것이다. 송만철의 시계 밖의 시간 속에서 사는 삶은 이 느리게 사는 삶의 방식에 다름 아닌 것이다.

3

송만철은 자연 그대로의 삶, 시계 밖의 푸른 시간의 삶을 살면서도 이웃들의 삶의 현장만은 끝내 외면하지 못한다. 그 현장이란 다름 아닌 이제 몇몇만이 남아 전통적인 농사를 지으며 살아가는 농사꾼 노인들의 삶이다. 그가 '시인의 말'에서 밝힌 대로 "있는 그대로의 세계나 생들의 고유함이 밑도 끝도 없이 까부서지고 짓뭉개지는 엄연한 현실 앞"에서 생기는 연민을 어찌할 수 없는 것.

그 노인들은 "근근이 켜던 방 한 칸 불"을 켜지 못하고 (「감응」), "저물어 혼자 밥숟갈 들고 어둠길에 나앉은" 채 쓸쓸하고 (「누구랴」), 또 그 노인들의 논밭은 쭉정이만 생산하거나 아예 폐농의 길로 빠진다. 그런 속에서도 그는 끝내 농사를 놓지 않고 지으며,

그 농사로 다시 심란心亂에 빠진다. 그래서 때론 "하늘 깃 탁탁 쳐대며 딴살림 차리러 가는 철새들처럼/ 옴싹거린 입을 다물고 발길 거둔 토란 뿌리처럼// 한번은 길을 떠나고 싶다/ 낯익은 길을 둘러쳐 캄캄 앞에 나를 세워두고 싶다"(「초가을에」)며 그 농사현장을 떠나고 싶은 마음도 가져본다. 그러나 그는 다음의 시에서처럼 곧장 마음을 다잡고 추스른다.

시세가 일어 나락이 군데군데 주저앉았다
자식들을 거느린 채 고춧대는 탄저병으로 말라
갔다

떠가던 구름이 하늘에 턱 얹혔다

푸른 잎의 들깻대 흰 꽃이 벌 나비를 불러들였다
무작시럽게 뻗어가던 오이넝쿨은 꽃마다 오이를
매달았다

흐르는 물소리는 가락을 실었다

매어진 개가 애타게 울 때가 있고
염소 새끼들 마음껏 뛸 때도 있다

막힘없이 떠다니는 구름 같은 기쁨의 때가 있고
흐르는 물길 턱턱 막히는 절망의 때도 있다

－「살다보면」 전문

　오늘날 폐농이 늘어만 가는 농촌도 이미 자본의 무지막지한 힘의 톱니바퀴 속으로 끌려 들어간 지 오래다. 그동안 농촌의 대부분을 차지했던 소농은 거의 사라지고 전업농 혹은 기업농이 생산의 대량화를 추구한다. 그런 농사는 철저히 상업적인 논리에 의해 지어진다. 곡식이며 과일이며 채소를 탐스럽고 때깔이 곱게 하기 위하여 화학비료와 농약으로 버무리고, 또 소나 돼지에겐 항생제니 성장촉진제니 하는 것을 마구 넣어 생명의 먹을거리와는 먼 농사를 짓는다. 한마디로 자본이 추구하는 부를 얻는 데에만 치중하는 농사는 말만 농사지 세상의 그 어떤 기업들과 하등에 다를 것이 없는 것이다.
　그러니 농약과 화학비료를 쓰지 않는 송만철 식 농사는 더 이상 존재할 수 없게 된다. 그럼에도 그가 굳이 전통농사를 고집하는 것은 그 생산물이 판매되는 게 아니라 스스로 먹는 자급자족의 먹을거리이기 때문이다. 한마디로 자기의 농사를 통해 재산이나 부를 축적하는 데 관심이 없는 것은 그가 스스로 '자발적 가난'의 삶을 택한 것에 다름 아니며, 단순소박함의 자유와 마음의 평화를 누리고자 하는 삶이기도 하는 것이다. 그러기에 위의 시에서처럼 송만철은 쉽사리 기쁨의 때와 절망의 때를 동시에 수용해버리는 아량을 보일 수도 있는 것이다.

"오늘날 재산이라는 용어는 오직 경제적 가치로만 이해되고 있다. 개인이나 국가나 할 것 없이 자신들의 행위가 인간이나 자연의 고결함에 어떤 결과를 가져올 것인가는 염두에 두지 않고 오로지 부를 축적하는 데에만 온갖 노력을 다하고 있다. 부는 소유의 유일한 수단이 되었으며, 인간의 노력은 창조성을 발전시키기 위해서가 아니라 재산의 증가를 위해서만 쓰도록 강요받고 있다. 최근까지만 해도 예술적, 철학적 시도들은 사람들에게 창조적 기능을 훈련시키는 기반을 갖추고 있었다. 그러나 지금에 와서는 그러한 방식들조차도 일반 경제의 틀 속에 흡수되어 버렸다."

『자발적 가난』이란 책에서 따온 글이다. '문화산업'이란 말이 유행하듯이 예술과 철학마저도 경제적 가치의 틀 속에 흡수되어버릴 정도로 인간의 행위가 온통 부의 증가만을 위해 쓰이는 지금, 송만철이 송만철 식 삶과 농사를 영위할 수 있는 힘은 어디에서 나올까. 다음 「양식」이란 시를 통해 그 일단을 엿볼 수 있다.

　　네팔 돌포 땅 카라반들이 야크 떼를 몰고 생사의
갈림길 같은 설산을 넘자 이제는 깎아지른 절벽 사
이로 난 길
　　소금짐을 실은 야크가 지나면 꽉 찬 길의 폭
　　절벽 아래는 수심 600m의 폭슘도호수
　　야크의 뒷발에 차인 돌멩이가 떨어지자 시퍼런
호수가 덜컥 삼킨 삶의 벼랑길

　　험난한 여정의 대가는

　　소금 한 차대기 주고
　　옥수수 세 차대기 얻는 것

　　일생을 걸어가야 하는 길

　　이 길의 양식으로 수천 년 삶이 이어졌듯이

　차마고도의 그 험난한 여정의 대가가 "소금 한 차
대기 주고/ 옥수수 세 차대기 얻는 것"에 불과한데도
"순박한 미소에 초롱한 눈망울로/ 산 밑의 세상을 굽

어보면서"(「차마고도」) 야크 떼를 몰고 산을 넘어가고 넘어오는 사람들은 그렇게 일생을 걷는다. 그들은, 목숨을 건 그 길의 소소한 양식으로도 수천 년 삶을 이어온다.

송만철이 이 시집에서 차마고도 시편을 세 편이나 발표하고 있는 것은 어쩌면 차마고도 사람들의 삶에 자기 삶을 투영하고 싶거나 그들의 삶을 통해 자발적 가난을 선택한 자기 삶의 정당성을 확보하고 싶은 것 때문인지도 모른다.

어쨌거나 그는 자연 그대로, 시계 밖에서 살며, 교육자의 시간 외에는 이웃농민들과 함께 전통적 농사로 자급자족하는 삶을 산다. 삶을 사는 데 있어 모든 것은 "아주 조금만 필요하며 그것도 영혼에 바치는 일만큼 고상한 일이 있을까?"라고 에머슨은 말한다. 그리고 이 말뜻을 아는 사람들만이 단순함과 소박함이야말로 사람이 궁극적으로 추구해야 할 가치요 덕목이라는 것도 안다. 송만철은 이런 삶을 투박하지만 진정성이 꽉 찬 시로 기록하고 또 표현하고 있다.

문학들 시선 010

푸른 빗줄기의 시간

초판1쇄 찍은 날 | 2010년 2월   9일
초판1쇄 펴낸 날 | 2010년 2월 12일

지은이 | 송만철
펴낸이 | 송광룡
펴낸곳 | 문학들
등록 | 2005년 8월 24일 제 2005 1-2호
주소 | 503-821 광주광역시 남구 양림동 24-18번지 2층
전화 | 062-651-6968
팩스 | 062-651-9690
전자우편 | munhakdle@hanmail.net

ⓒ 송만철 2010
ISBN 978-89-92680-32-5 03810